AF222706

Widmung

Dr.-Ing. Karl-Heinz Hellmann (Hrsg.)
Michael Wothe (Hrsg.)
Kevin Barber (Hrsg.)
Teofanis Polichroniadis-Fleig (Hrsg.)
Peter Cavallo (Hrsg.)
Alexander Sand (Hrsg.)
Klinger & Kollegen (Hrsg.)
Markus Umann (Hrsg.)
Alexander Zemann (Hrsg.)

ZITATE&
SPRICHWÖRTER

von Unternehmern für Unternehmer

© 2013 Dr.-Ing. Karl-Heinz Hellmann (Hrsg.); Michael Wothe (Hrsg.); Kevin Barber (Hrsg.); Teofanis Polichroniadis-Fleig (Hrsg.);

Peter Cavallo (Hrsg.); Alexander Sand (Hrsg.); Klinger & Kollegen (Hrsg.);

Markus Umann (Hrsg.); Alexander Zemann (Hrsg.)

Herstellung und Verlag:
Books on Demand GmbH, Norderstedt
ISBN: 978-3-8391-4524-1

Bibliographische Information der Deutschen Nationalbibliothek
Die Deutsche Nationalbibliothek verzeichnet diese Publikation
in der Deutsche Nationalbibliographie.
Detaillierte bibliografische Daten sind im Internet über
http://dnb.d-nb.de abrufbar.

Vorwort zur ersten Auflage

Unternehmer sind eine wesentliche Stütze unserer Gesellschaft. Sie schaffen Arbeitsplätze und sichern so das Einkommen angestellter Mitarbeiter.

Gute Unternehmer entwickeln ihr Unternehmen, ihre Produkte oder Dienstleistungen sowie ihre Mitarbeiter ständig weiter.

Dabei gibt es wenig Motivierendes im Umfeld der Unternehmer. Auch hier zeichnet sich der gute Unternehmer dadurch aus, dass er sich, auch langfristig, selbst motivieren kann.

Um Unternehmern doch etwas Motivierendes an die Hand zu geben, habe ich mich entschlossen, diese Zitate- und Sprichwortsammlung zusammenzustellen. Ich hoffe, dass ich bei dem einen oder anderen Unternehmer das eine oder andere Lächeln verursachen kann – denn mit Humor geht vieles leichter im (Unternehmer-)Leben.

Es gibt viele Quellen, auch im Internet, in denen Zitate gesammelt werden, z.B. Themen der Philosophie, zum Spannungsfeld Mann/Frau oder zu Coaching/Veränderungsfragen. Eine Quelle von Zitaten von Unternehmern für Unternehmer habe ich nicht finden können.

Diese kleine Lücke ist nun geschlossen.

Karl-Heinz Hellmann

Vorwort zur zweiten Auflage

Liebe Leser,

„Nur wer schreibt der bleibt" lautet ein altes Sprichwort und tatsächlich ermöglichen uns gerade schriftliche Quellen einen hervorragenden Einblick in das Verständnis und die Erfahrungen der früheren Generationen.

Dass Zitate und Sprichwörter über zeitlose Bedeutungen für die Leser verfügen ist eine der faszinierenden Eigenschaften und lassen uns immer wieder feststellen, dass Vieles gar nicht so neu ist, wie man vielleicht zunächst vermuten möchte.

In einer immer schnelllebigeren Zeit, auf der permanten Suche nach neuen Erkenntnissen und Optimierungen, lässt es uns doch schmunzeln, dass uns bereits die Philosophen des antiken Griechenlands, äußerst zutreffende Antworten auf viele Situationen der Gegenwart anbieten.

Die vorliegende Zitate- und Sprichwörter Sammlung von Unternehmern für Unternehmer lädt Sie ein, den Trubel des Alltags einmal auszublenden, in die Gedanken der Zitierten einzutauchen, das eigene Vorgehen als Unternehmer dabei in einem erweiterten Kontext zu sehen und vielleicht sogar den ein oder anderen, persönlichen Schluss daraus zu ziehen.

„In der Kürze liegt die Würze" und daher nun auch genug der vielen Worte und viel Freude mit dem nun vorliegenden Geschenkbuch.

Michael Wothe

Grußwort zur zweiten Auflage

Heute geht es in der Geschäftswelt mehr denn je darum, aufzufallen. Moderne Medien haben dazu geführt, dass die Anzahl der Impulse, die uns jeden Tag erreichen, deutlich zugenommen haben. Für Unternehmer bedeutet das - etwas anders zu tun oder anders zu sein, wie andere, die im gleichen Markt tätig sind.

BNI gründet seit 1985 lokale Unternehmerteams und führt diese zu wirtschaftlichem Erfolg. In jedem Team arbeiten Unternehmer nach einem seit 10 Jahren auch im deutschsprachigen Raum erprobten System zusammen, um mehr Umsatz durch neue Kontakte und Geschäftsempfehlungen zu erzielen.

2012 haben Unternehmer in der Region BNI Südwest dabei einen Zusatzumsatz von mehr als EUR 35 Million erwirtschaftet. Im deutschsprachigen Raum waren es fast EUR 400 Millionen, weltweit mehr als EUR 2,5 Milliarden in 53 Ländern.

Diese Unternehmer sind unsere Kunden und es gehört zu unserer Aufgabe, Ihnen dabei zu helfen, aufzufallen − anders zu sein, wie ihre Marktbegleiter. Ob durch eine gute Präsentation, einen freundlichen Umgang, eine spannende Geschichte − es gibt viele Wege, angenehm aufzufallen, sich aus der Masse zu erheben. Positiven, hilfsbereiten Menschen wird gerne geholfen und werden auch gerne weiterempfohlen. Hier hilft es natürlich auch, wenn man immer einen passenden guten Spruch oder Zitat parat hat.

Mit der Neuauflage des Geschenkbuches „Zitate & Sprichwörter" haben Sie eine hervorragende Quelle an der Hand. BNI-Treffen enden immer mit einem Zitat. Wenn Sie nicht nur diese Zitate hören, sondern viele neue gute und hilfsbereite Unternehmer kennenlernen möchten, laden wir Sie gern ein, beim Treffen eines Unternehmerteams in Ihrer Nähe mehr zu erfahren.

Mehr Information und die Möglichkeit, sich für ein Treffen vorab online anzumelden finden Sie unter www.bni-suedwest.de oder www.bni.de.

Wir freuen uns auf Sie!

Herzliche Grüße,

Kevin Barber
Exekutivdirektor
BNI Südwest

Wie die Sammlung entstanden ist

Im Sommerhalbjahr 2010 war ich Vorsitzender einer regionalen Gruppe der internationalen Empfehlungsorganisation Business Network International (BNI®).

BNI® bietet Unternehmern und Geschäftsleuten eine Plattform für professionelles Netzwerken. BNI® ist DIE Organisation für Geschäftsempfehlungen. Einziger Zweck der Treffen ist die Gewinnung neuer Kunden.

Das besondere an BNI® ist, dass in jeder Gruppe (Chapter) unterschiedliche Berufssparten vertreten sind, wobei eine Berufssparte jeweils nur einmal vertreten sein kann. Das ausschließliche Ziel eines jeden Chapters besteht darin, für jedes Mitglied mehr Geschäft zu generieren. In jedem Chapter arbeiten bis zu 40 motivierte Vertriebspartner kostenlos für die anderen Mitglieder!

Diese Unternehmergruppen organisieren sich selbst. Dazu übernehmen bis zu 15 Mitglieder zusätzliche Steuerungsaufgaben. Der Vorsitzende (Chapter Direktor) ist dafür verantwortlich, dass die 20-Punkte-Tagesordnung in einem fest vorgegebenem zeitlichen Rahmen abgearbeitet wird. Der vorletzte Tagesordnungspunkt ist das offizielle Ende des Treffens, welches mit einem motivierenden Wochenmotto beendet wird.

Bei der Suche nach den erforderlichen 25 Zitaten für die 6 Monate Amtszeit und damit 25 Wochenmottos fand ich wesentlich mehr interessante Weisheiten.
Ferner wurde ich durch die Mitherausgeber unterstützt, die mich mit ihren eigenen Fundstücken versorgten. Die Branchenschwerpunkte, Internet-Adressen und Arbeitsmottos dieser Herausgeber sind im anschließenden Kapital aufgeführt.

Meine Tochter Alexandra Hellmann hat die Zitate zusammengestellt und Recherchen über den Beruf des Zitatgebers durchgeführt.

Bei einigen Zitaten konnten keine Quellen ermittelt werden. Wir haben bewusst darauf verzichtet, die Epoche und das Land des Zitatgebers zu recherchieren, da die Inhalte zeitlos bzw. international verwendbar sind.

Bei meinen Strategie-Trainings und auf meinem Internet-Auftritt verwende ich Zitate und eigene Aussprüche, die bei dem ein oder anderen Kunden zum geflügelten Wort geworden sind. Diese Kunden haben mich angeregt auch meine eigenen Aussprüche im Buch aufzuführen.

Da viele Zitate mehrere Themen ansprechen, sind keine Gruppen gebildet worden, sondern sie sind in alphabetischer Reihenfolge des Nachnamens des Zitatgebers aufgeführt.

Aber nun genug der Vorworte und viel Spaß beim Schmökern ;-)

Karl-Heinz Hellmann

Herausgeber
(in alphabetischer Reihenfolge)

Peter Cavallo
Maler- und Lackierermeister

Cavallo GmbH
Duisburger Straße 16
68723 Schwetzingen

Geschäftsfeld:
Ich, Peter Cavallo verhelfe meinen Kunden, dass sie sich 365 Tage
wie im Urlaub fühlen. Wie das geht zeige Ich Ihnen gerne in
meinen Ausstellungsräumen. Mein Team und ich gestalten Ihre
Wohnräume, von der Decke bis zur Wand, alles aus einer Hand!
Wir verwirklichen Ihnen Ihre Wohnträume!

Ob klassisch oder exklusiv, mediteran oder im Landhausstil,
bei uns sind Sie immer gut beraten. Wir suchen speziell
Renovierungsarbeiten bei Privatkunden, die etwas Besonderes
haben möchten. Mit dem Rundum-Sorglos-Paket, helfen wir auch
älteren Menschen bei einer entspannten Renovierung.

Kein Auftrag ist uns zu klein und kein Auftrag kann uns zu groß
sein. „Empfehlen Sie uns überall dort weiter wo sie weiße Wände
sehen, denn Weiß ist keine Farbe und schon gar keine Gestaltung.
Denken Sie an Maler, denken Sie an „Ihren freundlichen Malermeister ganz in Ihrer Nähe!" Denn, Malerarbeit ist Malersache!

Was können wir besonders gut?
■ Verarbeitung von Dekorputze wie Stucco Pompeji, Volimea,
  Naturfarben verarbeitung wie KT-Color,

Was oder wen suchen wir?
■ Anspruchsvolle Kunden gerne 50+, Privatkunden die etwas
  Besonderes möchten, Wandgestaltung, Malerarbeiten,
  Tapezierarbeiten, Fassadenanstriche

Kontakt:
Tel.: +49 (0) 62 02 / 92 34 60
info@cavallo-gmbh.de
www.Wandgestaltung-Heidelberg.de
https://www.facebook.com/peter.cavallo.1

Motto:
„Ihr freundlicher Malermeister ganz in Ihrer Nähe!"

Herausgeber
(in alphabetischer Reihenfolge)

Dr.-Ing. Karl-Heinz Hellmann
Strategie-Trainer

Dr. Hellmann Unternehmerberater e.K.
Huberweg 32b
69198 Schriesheim

Geschäftsfeld:
Wir trainieren die erste und zweite Führungsebene darin,
ganzheitliche Unternehmensziele zu finden und zu
erreichen. Dabei steht die Umsetzung im Vordergrund:
So bringen Sie Ihre PS auf die Straße

Was können wir besonders gut?
- Training zur Selbsthilfe statt Beratung.
- Umsetzung steht im Vordergrund, nicht Analyse
- Viel praxisorientiertes Wissen
- Standardisierter Prozess (ähnlich ISO) wird implementiert
- Der Prozess wird von ihren Führungskräften und Mitarbeitern
  gelebt und jährlich auditiert

Was oder wen suchen wir?
- Unternehmer, die weniger „im" sondern mehr „am"
  Unternehmen arbeiten wollen.
- Alle Branchen, wie z.B. Industrie, Handwerk, Handel,
  Dienstleistung, Behörden, Non-Profit Organisationen, etc.
- Menschen, die als Lizenzpartner abgesichert, Unternehmer
  werden wollen

Kontakt:
Tel.: +49 (0) 62 03 / 96 13 73
bni@strategiekompakt.de
www.strategiekompakt.de

Motto:
„Liegt die Zukunft im Dunkeln,
jetzt wird's Hellmann!"

Herausgeber
(in alphabetischer Reihenfolge)

Klinger und Kollegen Steuerberatungs GmbH
Bahnhofstraße 1
69207 Sandhausen

Geschäftsfeld:
Wir sind spezialisiert auf die Steuer- und Unternehmensberatung von kleinen und mittelständischen Unternehmen. Unser Erfolgskonzept beruht auf hoher Fachkompetenz verbunden mit einer vorausschauenden praxisnahen Beratung. Zusätzlich legen wir großen Wert auf einen direkten persönlichen Kontakt zwischen Berater und Mandant. So entwickeln wir im Interesse unserer Mandanten ständig neue Dienstleistungen, die auf die wechselnden unternehmerischen Anforderungen unserer Mandanten abgestimmt sind.

Was können wir besonders gut?
- Steuerliche und betriebswirtschaftliche Beratung
- Hoher Qualitätsanspruch
- Wir legen Wert auf schnelle, praxisnahe, optimale Auskünfte und Lösungen Ihrer Anliegen
- Persönliche Betreuung und Gespräche
- Reaktionsschnelligkeit und Termintreue
- Keine Standardkonzepte oder Schablonen
- Hohes Fachwissen durch kontinuierliche Weiterbildung
- Transparenz

Was oder wen suchen wir?
- Kleine und mittelständische Unternehmen, die Wert auf praxisnahe steuerliche und vor allem betriebswirtschaftliche Beratung legen.
- Unternehmer die an Ihrem Unternehmen arbeiten und die Vorteile partnerschaftlicher Zusammenarbeit zu schätzen wissen.
- Privatpersonen die im Dschungel des Steuerrechts und der Erklärungsvordrucke am verzweifeln sind.

Kontakt:
Tel.: +49 (0) 62 24 / 93 06-0
Fax: +49 (0) 62 24 / 5 12 84
info@klinger-kollegen.de
www.klinger-kollegen.de

Motto:
„Persönlich, Praxisorientiert, Professionell"

Herausgeber
(in alphabetischer Reihenfolge)

Teofanis Polichroniadis-Fleig
Kunstschmied und Schlossermeister

Schilling Metall GmbH
Bismarckstr. 24
68723 Schwetzingen

Geschäftsfeld:
Seit 1882 steht das Traditionsunternehmen Schilling Metall für
ein hohes Maß an handwerklichem Geschick und fachlicher
Kompetenz, in den Bereichen: Sicherheitstechnik, Schlosserei,
Kunstschmiede, Restaurierung, Metallbau, Blechbearbeitung.

Was können wir besonders gut?
Die Firma Schilling Metall ist der Metallbaubetrieb in der Rhein-
Neckar- Region und ist auch europaweit mit den Schwerpunk-
ten Restaurierung und Metallgestaltung aktiv.

Was oder wen suchen wir?
Kunden mit dem Anspruch auf fachliche Kompetenz, hohem
Beratungsniveau und reibungslosem Projektablauf.

Kontakt:
Tel.: +49 (0) 62 02 / 57 51 60
Fax: +49 (0) 62 02 / 57 51 62
info@schillingmetall.de
www.schillingmetall.de

Motto:
„Wir fertigen Meisterwerke aus Metall!"

Herausgeber
(in alphabetischer Reihenfolge)

Alexander Sand
Zimmermann-Meister, Dachdecker

Die Holzwerkstatt
Goethestrasse 56 c
68753 Waghäusel

Geschäftsfeld:
Fachplanung und Ausführung sämtlicher Holzkonstruktionen.
Dachsanierungen im Steildach sowie flachgeneigte Dachein-
deckungen. Holz-Hausbau mit ökologischen Dämmstoffen.

Kontakt:
Tel.: +49 (0) 72 54 / 77 67-187
Mobil: +49 (0)1 60 / 96 26 52 88
info@holzwerkstatt-sand.de
www.holzwerkstatt-sand.de

Herausgeber

(in alphabetischer Reihenfolge)

Markus Umann
Kälteanlagenbauermeister

UM Klima
Kälte- & Klimatechnik
Breite Straße 62
67067 Ludwigshafen

Geschäftsfeld:
Montage, Montageunterstützung und Inbetriebnahme von
Kälte-, Split- und Klimaanlagen sowie Service und Wartung von
Raumluft - Technischen Anlagen, Kälte-, Split-, Klimaanlagen
und vieles mehr ...

Was können wir besonders gut?
- Individuelle, zuverlässige und kundenorientierte Hand-
  werkerleistungen in Verbindung mit Qualitätsprodukten
- Nachhaltige Betreuung über die durchgeführte Leistungen
  hinaus

Was oder wen suchen wir?
- Alle die, die einen langfristigen, zuverlässigen Partner
  in Sachen Kälte-, Luft- und Klimatechnik suchen.
  Industrie, Handel, Privathaushalt, Verwaltungen, Architekten...

Kontakt:
Tel.: +49 (0) 6 21 / 9 63 66 37
Mobil: +49 (0) 1 71 / 5 31 99 84
kaelte@um-klima.de
www.um-klima.de

Motto:
„Nach Wohlfühlen streben,
heißt auch im Wohlfühlklima leben!"

Herausgeber
(in alphabetischer Reihenfolge)

Michael Wothe
Werbe-Fachmann
Media Business Manager (B.A.)

wozu design - die werbepartner
Uhlandstraße 33
68723 Oftersheim

Geschäftsfeld:
Wir unterstützen klein- und mittelständische Unternehmen in den Fachbereichen Printmedien, Werbeartikel, Werbetechnik und Neue Medien. Als externe Werbeabteilung unserer Kunden legen wir besonderen Wert auf umfassende Beratung, kreative Ideen und zuverlässige Umsetzungen für einen einheitlichen Unternehmensauftritt am Markt.

Was können wir besonders gut?
- Fullservice-Betreuung von den ersten Beratungsgesprächen, über Vorschläge bis zum fertigen Projekt.
- Umfangreiches, praxisorientiertes Know-How in den angebotenen Geschäftsfeldern
- Nationales und internationales Partnernetzwerk
- Aktuelle Umsetzungen durch regelmäßige Weiterbildungsmaßnahmen.

Was oder wen suchen wir?
- Klein- und mittelständische Unternehmen, die den Wert einer partnerschaftlichen Zusammenarbeit und die Vorteile eines ganzheitlichen Firmenauftritts zu schätzen wissen.

Kontakt:
Tel.: +49 (0) 62 02 / 5 65 21
Fax: +49 (0) 62 02 / 59 20 08
wow@wozu-design.de
www.wozu-design.de

Motto:
„Die Frage nach dem wozu design,
beantworten wir in Oftersheim!"

Herausgeber
(in alphabetischer Reihenfolge)

Alexander Zemann
Versicherungsmakler

Finanz- und Wirtschaftsberatung
Alexander Zemann
Käthe-Kollwitz-Str. 5
68723 Oftersheim

Geschäftsfeld:
Wir sind ein zugelassenes Versicherungs- und Finanzmaklerunternehmen mit unabhängigen Marktzugängen. Unser oberstes Interesse gilt der langfristigen Kundenberatung- und betreuung. Neben klassichen Versicherungslösungen sind wir auf den Bereichen der Berufsunfähigkeitsabsicherung, Dread Disease Schutz sowie der privaten und betrieblichen Vorsorge spezialisiert. Weitere exklusive Produktpartner im Bereich der Kapitalsicherung, des Inflationsschutzes sowie der Steuerrückgewinnung stellen wir Ihnen und/oder Ihrem Steuerberater gerne in einem persönlichen Gespräch vor - vereinbaren Sie einfach einen Termin mit uns - wir freuen uns auf Sie!
Vielen Dank für Ihr Vertrauen!

Was können wir besonders gut?
Wir haben die jeweiligen Marktführer je Kategorie für Sie jederzeit zur Verfügung. Im Rahmen von Berufsunfähigkeitsabsicherungen bieten wir haftungsgeprüfte BU ohne Mehrkosten an!!
Wir freuen uns darauf Sie persönlich zu beraten!

Was oder wen suchen wir?
Die ideale Empfehlung sind Interessenten die eine hochqualitative Berufsunfähigkeitsrente abschliessen möchten oder Ihren bestehenden Bedarf überprüfen und privat oder betrieblich für den Ruhestand vorsorgen wollen.

Kontakt:
Tel.: +49 (0) 62 02 / 9 78 25-28
Fax: +49 (0) 62 02 / 9 78 25-29
finanz@a-zemann.de
www.finanz-zemann.de

Motto:
„Mit Sicherheit Sorglos!"

Zitate

Zitate
(in alphabetischer Reihenfolge)

„Der eine wartet, dass die Zeit sich wandelt,
der andere packt sie kräftig an und handelt."

Dante Alighieri, Schriftsteller

„Geh deinen Weg und lass die Leute reden."

Dante Alighieri, Schriftsteller

„Seit meiner Kindheit träume ich davon,
den Nordpol zu erreichen,
nun stehe ich auf dem Südpol."

Roald Amundsen, Forscher

„Tue erst das Notwendige, dann das Mögliche
und plötzlich schaffst du das Unmögliche."

Franz von Assisi, Ordensgründer

„In dir muss brennen,
was du in anderen entzünden willst."

Aurelius Augustinus, Kirchenlehrer

Zitate
(in alphabetischer Reihenfolge)

„Geld gleicht dem Dünger, der wertlos ist,
wenn man ihn nicht ausbreitet."

Sir Francis Bacon, Philosoph und Staatsmann

„Charakterstärke entwickelt sich langsam,
kann aber sehr schnell nachlassen."

Faith Baldwin, Schriftsteller

„Die Starken sind immer ihre eigenen Kritiker"

Honoré de Balzac, Schriftsteller

„Es liegen in jedem Menschen eine Reihe von
Fähigkeiten, die nur geweckt und entwickelt zu
werden brauchen, um, in Betätigung gesetzt,
die schönsten Wirkungen zu erzeugen."

August Bebel, Politiker

„Je weniger die Leute davon wissen,
wie Würste und Gesetze gemacht werden,
desto besser schlafen sie."

Otto von Bismarck, Politiker

Zitate
(in alphabetischer Reihenfolge)

„Eine anständige Art der Geschäftsführung
ist auf Dauer das Erträglichste."

Robert Bosch, Unternehmer

„Wenn die Behebung eines Fehlers
in der Konstruktion 1 Reichsmark kostet,
so kostet die Behebung des gleichen Fehlers
in der Produktion 10 Reichsmark,
in der Innenmontage 100 Reichsmark und
in der Außenmontage 1.000 Reichsmark."

Robert Bosch, Unternehmer

„Lieber Geld verlieren als Vertrauen."

Robert Bosch, Unternehmer

„In einem wankenden Schiff fällt um,
wer stille steht, nicht wer sich bewegt."

Ludwig Börne, Schriftsteller

„Wer hohe Türme bauen will,
muss lange beim Fundament verweilen."

Anton Bruckner, Komponist

Zitate
(in alphabetischer Reihenfolge)

„Siegen werden die, welche den Mut haben,
sich und für sich das meiste abzuverlangen."

Stanislav Brzozowski, Philosoph

„Gehe ganz in deinen Handlungen auf und denke,
es wäre deine letzte Tat."

Gautama Buddha, Religionsgründer

„Das Geheimnis eines außerordentlichen Menschen
ist in den meisten Fällen nichts als Konsequenz."

Gautama Buddha, Religionsgründer

„Es gibt nur einen Zeitpunkt,
an dem es wichtig ist zu erwachen.
Dieser Zeitpunkt ist jetzt "

Gautama Buddha, Religionsgründer

„Glück entsteht oft durch Aufmerksamkeit
in kleinen Dingen, Unglück oft durch
Vernachlässigung kleiner Dinge."

Wilhelm Busch, Schriftsteller

Zitate
(in alphabetischer Reihenfolge)

„Der Neid ist die aufrichtigste Form der Anerkennung."

Wilhelm Busch, Schriftsteller

„Ausdauer wird früher oder später belohnt –
meistens aber später."

Wilhelm Busch, Schriftsteller

„Niemand ist unnütz, er kann immer noch
als schlechtes Beispiel dienen."

Wilhelm Busch, Schriftsteller

„Erfahrung ist der beste Lehrmeister.
Nur das Schulgeld ist teuer."

Thomas Carlyle, Schriftsteller

„Leben ist die Kunst, taugliche Schlussfolgerungen
aus unzureichenden Prämissen zu ziehen."

Samuel Coleridge, Schriftsteller

„Nur die Weisen sind im Besitz von Ideen.
Die meisten Menschen sind von Ideen besessen."

Samuel Coleridge, Schriftsteller

Zitate
(in alphabetischer Reihenfolge)

„Fang nie an aufzuhören, hör nie auf anzufangen."

Marcus Tullius Cicero, Philosoph

„Kredit ist der Regenschirm, den man bei Sonnenschein bekommt, aber beim ersten Regentropfen zurückgeben muss."

Lord Philip Dormer Chesterfield, Politiker

„Nichts in der Geschichte des Lebens ist beständiger als der Wandel."

Charles Darwin, Forscher

„Am Ziel deiner Wünsche wirst du jedenfalls eines vermissen: Dein Wandern zum Ziel."

Marie von Ebner-Eschenbach, Schriftstellerin

„Jeder Mensch hat ein Brett vor dem Kopf - es kommt nur auf die Entfernung an."

Marie von Ebner-Eschenbach, Schriftstellerin

Zitate
(in alphabetischer Reihenfolge)

„Müde macht uns die Arbeit, die wir liegenlassen,
nicht die, die wir tun."

Marie von Ebner-Eschenbach, Schriftstellerin

„Wer nichts weiß, muss alles glauben."

Marie von Ebner-Eschenbach, Schriftstellerin

„Es ist nie zu spät, so zu sein,
wie man es gerne gewesen wäre."

George Eliot, Schriftsteller

„Kann sich jemand daran erinnern, wann die Zeiten nicht
schlecht und das Geld nicht knapp war?"

Ralph Waldo Emerson, Philosoph und Schriftsteller

„Das ganze Leben ist ein Versuch.
Je mehr versuche du durchführst, desto besser."

Ralph Waldo Emerson, Philosoph und Schriftsteller

Zitate
(in alphabetischer Reihenfolge)

„Reich ist man nicht durch das, was man besitzt,
sondern mehr noch durch das,
was man mit Würde zu entbehren weiß."

Epikur, Philosoph

„Um im Leben oder in der Kunst wirksam zu sein,
bedarf es der gleichen Eigenschaften:
Stärke und Biegsamkeit."

Jozsef Eötvös, Schriftsteller

„Ein wahrhaft großer Mann wird
weder einen Wurm zertreten noch
vor dem Kaiser kriechen."

Benjamin Franklin, Erfinder

„Bier ist der Beweis, dass Gott uns liebt und will,
dass wir glücklich sind."

Benjamin Franklin, Erfinder

„Wer gierig ist, wird Sklave eines Triebs,
der den Verstand ausschaltet."

Sigmund Freund, Psychoanalytiker

Zitate
(in alphabetischer Reihenfolge)

„Wenn Sie nicht über die Zukunft nachdenken,
können Sie keine haben."

John Galsworthy, Schriftsteller

„Nur wer verzagend das Steuer loslässt,
ist im Sturm verloren."

Emanuel Geibel, Lyriker

„Gegenüber der Fähigkeit, die Arbeit eines einzigen
Tages sinnvoll zu ordnen, ist alles andere im Leben
ein Kinderspiel."

Johann Wolfgang von Goethe, Schriftsteller

„Auch aus Steinen, die einem in den Weg gelegt werden,
kann man Schönes bauen."

Johann Wolfgang von Goethe, Schriftsteller

„Ich schreibe dir einen langen Brief,
weil ich keine Zeit habe, einen kurzen zu schreiben."

Johann Wolfgang von Goethe, Schriftsteller

Zitate
(in alphabetischer Reihenfolge)

„Niemand weiß, wie weit seine Kräfte gehen,
bis er sie versucht hat"

Johann Wolfgang von Goethe, Schriftsteller

„Was immer du tun kannst oder wovon du träumst –
fange es an. In der Kühnheit liegt Genie, Macht und Genie."

Johann Wolfgang von Goethe, Schriftsteller

„Es bleibt einem jeden immer noch so viel Kraft,
das auszuführen, wovon er überzeugt ist."

Johann Wolfgang von Goethe, Schriftsteller

„Das Außergewöhnliche geschieht nicht auf glattem,
gewöhnlichem Wege."

Johann Wolfgang von Goethe, Schriftsteller

„Unsere Wünsche sind Vorgefühle der Fähigkeiten,
die in uns liegen, Vorboten desjenigen,
was wir zu leisten imstande sein werden."

Johann Wolfgang von Goethe, Schriftsteller

Zitate
(in alphabetischer Reihenfolge)

„Mit dem Leben ist es wie mit dem Gelde:
Man muss beides ausgeben, um etwas davon zu haben."

Emil Gött, Schriftsteller

„Ich werde einen Weg finden oder einen machen."

Hannibal, Feldherr

„Es gehört mehr Mut dazu, seine Meinung zu ändern,
als ihr treu zu bleiben"

Friedrich Hebbel, Schriftsteller

„Weise erdenken neue Gedanken,
und Narren verbreiten sie."

Heinrich Heine, Schriftsteller

„Ein Kluger bemerkt alles,
ein Dummer macht über alles eine Bemerkung."

Heinrich Heine, Schriftsteller

Zitate
(in alphabetischer Reihenfolge)

„An dem Tag, an dem ich weniger gelernt habe als am Vortag, bin ich ein Stückchen älter geworden."

Karl-Heinz Hellmann, Unternehmer

„Die Leute wollen Leidenschaft sehen.
Egal was Du machst, wenn Du echte Leidenschaft zeigst, wirst Du erfolgreich sein."

Karl-Heinz Hellmann, Unternehmer

„Meckern ist die Vorstufe eines Verbesserungsprozesses."

Karl-Heinz Hellmann, Unternehmer

„Im Vertrieb gibt es keine Silbermedaille."

Karl-Heinz Hellmann, Unternehmer

„Zufall ist nur etwas für Menschen ohne Plan."

Karl-Heinz Hellmann, Unternehmer

Zitate
(in alphabetischer Reihenfolge)

„Die meisten Mitarbeiter sind älter als 18 Jahre.
Sie dürfen laut Gesetz heiraten, autofahren und
wählen - und ihren Job selbstverantwortlich machen."

Karl-Heinz Hellmann, Unternehmer

„Es gibt keine schlechten Aufgaben,
nur die falsche Einstellung."

Karl-Heinz Hellmann, Unternehmer

„Menschen haben immer mehrere Handlungsoptionen -
manchmal sind es radikale."

Karl-Heinz Hellmann, Unternehmer

„Wissen ist die Verpflichtung zur Weitergabe."

Karl-Heinz Hellmann, Unternehmer

„Management der 50iger Jahre: der Mitarbeiter ist der
natürliche Feind des Vorgesetzten."
(trifft man noch heute an)

Karl-Heinz Hellmann, Unternehmer

Zitate
(in alphabetischer Reihenfolge)

„Was hinter uns liegt, und was vor uns liegt,
sind Winzigkeiten im Vergleich zu dem, was in uns liegt."

Oliver Wendell Holmes, Jurist

„Wer nur begann, hat schon halb vollendet."

Horaz, Schriftsteller

„Von einem gewissen Punkt an gibt es keine Rückkehr
mehr. Dieser Punkt ist zu erreichen."

Franz Kafka, Schriftsteller

„Der Mensch kann nicht leben ohne ein dauerndes
Vertrauen zu etwas Unzerstörbarem in sich."

Franz Kafka, Schriftsteller

„Wege entstehen dadurch, dass wir sie gehen."

Franz Kafka, Schriftsteller

„Habe Mut, dich deines eigenen Verstandes
zu bedienen."

Immanuel Kant, Philosoph

Zitate

„Alle Stärke wird nur durch Hindernisse erkannt,
die sie überwältigen kann."

Immanuel Kant, Philosoph

„Man kann das leben nur rückwärts verstehen,
aber man muss es vorwärts leben."

Sören Kierkegaard, Philosoph

„Der Mensch hat dreierlei Möglichkeiten klug zu handeln:
Erstens durch Nachdenken, das ist die edelste,
zweitens durch Nachahmen, das ist die leichteste,
drittens durch Erfahrung, das ist die bitterste."

Konfuzius, Philosoph

„Der Anführer eines großen Heeres kann besiegt werden.
Aber den festen Entschluss eines Einzigen kannst du
nicht wieder wankend machen."

Konfuzius, Philosoph

„Lernen, ohne zu denken, ist eitel;
denken, ohne zu lernen, ist gefährlich."

Konfuzius, Philosoph

Zitate
(in alphabetischer Reihenfolge)

„Ist man in kleinen Dingen nicht geduldig,
bringt man die grossen Vorhaben zum Scheitern."

Konfuzius, Philosoph

„Wer das Ziel kennt, kann entscheiden:
wer entscheidet, findet Ruhe, wer Ruhe findet, ist sicher,
wer sicher ist, kann überlegen, wer überlegt,
kann verbessern."

Konfuzius, Philosoph

„Beginnen ist Stärke, vollenden können ist Kraft."

Laotse, Philosoph

„Das weiche Wasser besiegt denn harten Fels."

Laotse, Philosoph

„Das Aussortieren des Unwesentlichen ist der Kern
aller Lebensweisheit."

Laotse, Philosoph

Zitate
(in alphabetischer Reihenfolge)

„Der Langsamste, der sein Ziel nicht aus den Augen
verliert, geht noch immer geschwinder als jener,
der ohne Ziel umher irrt."

Gotthold Ephraim Lessing, Schriftsteller

„Wer einen Engel sucht und nur auf die Flügel schaut,
könnte eine Gans nach Hause bringen."

Georg Christoph Lichtenberg, Schriftsteller

„Was nutzt alles Wissen, alle Kraft und Macht,
wenn du nicht weißt wohin und wofür."

Ralph Llewylln, Unternehmer

„Ich habe keinen Ärger gesucht, er aber mich ..."

Ralph Llewylln, Unternehmer

„Das Geheimnis aller Erfinder ist,
nichts für unmöglich anzusehen."

Justus von Liebig, Wissenschaftler

Zitate
(in alphabetischer Reihenfolge)

„Nichts ist unmöglich"
„- nur unwirtschaftlich."

Justus von Liebig, Wissenschaftler / Karl-Heinz Hellmann, Unternehmer

„Man hilft den Menschen nicht,
wenn man für sie tut, was sie selbst tun können."

Abraham Lincoln, Politiker

„Die Erfahrung ist nur die Frucht begangener Irrtümer,
drum muss man sich etwas verirren."

Johann Nepomuk Nestroy, Schriftsteller

„Habe keine Angst davor, dass dein Leben eines Tages
endet. Fürchte mehr, dass du versäumst,
es richtig zu beginnen."

John Henry Newmann, Pfarrer

„Wollt ihr hoch hinaus, so gebraucht die
eigenen Beine!"

Friedrich Nietzsche, Philosoph

Zitate
(in alphabetischer Reihenfolge)

„Wenn man mit Flügeln geboren wird,
sollte man alles dazu tun, sie zum Fliegen zu benutzen."

Florence Nightingale, Reformerin

„Tradition ist die Bewahrung des Feuers,
nicht die Anbetung der Asche."

Gustav Mahler, Komponist

„Du hast zwei Ohren und einen Mund.
Benutze Sie in genau diesem Verhältnis."

Ivan Misner, Unternehmer

„Wer gibt, gewinnt."

Ivan Misner, Unternehmer

„Der Schiffbrüchige fürchtet auch die ruhigen Gewässer."

Ovid, Schriftsteller

„Wir müssen in erster Linie an den Kunden denken,
wenn wir wollen, dass der Kunde auch an uns denkt."

Emil Oesch, Schriftsteller

Zitate
(in alphabetischer Reihenfolge)

„Ich liebe neue Aufgaben, denn sie spornen mich an."

Louis Pasteur, Forscher

„Wenn der Mensch sich etwas vornimmt,
so ist ihm mehr möglich, als man glaubt."

Johann Heinrich Pestalozzi, Lehrer

„Der Kopf ist rund, damit das Denken
die Richtung ändern kann."

Francis Picabia, Schriftsteller

„Ich kenne keinen sicheren Weg zum Erfolg,
aber einen sicheren Weg zum Misserfolg:
Es allen Recht machen zu wollen."

Platon, Philosoph

„Alle Kraft, die wir fort geben, kommt erfahren
und verwandelt wieder über uns."

Rainer Maria Rilke, Lyriker

Zitate

„Bitte nicht um eine leichte Bürde –
bitte um einen starken Rücken."

Theodore Roosevelt, Politiker

„Erfolg ist, was erfolgt, wenn man richtig denkt
und richtig handelt - zur Not reicht richtiges Handeln
auch allein."

Martin Scheibelhut, Manager

„Des Menschen Wille, das ist sein Glück."

Friedrich Schiller, Schriftsteller

„Eine falsche Ansicht zu widerrufen erfordert
mehr Charakter, als sie zu verteidigen."

Arthur Schopenhauer, Philosoph

„Jeder Angriff, die einen Mann nicht umwirft, stärkt ihn."

Arthur Schopenhauer, Philosoph

Zitate
(in alphabetischer Reihenfolge)

„Der Wechsel allein ist das Beständige."

Arthur Schopenhauer, Philosoph

„Es gibt Leute, die zahlen für Geld jeden Preis."

Arthur Schopenhauer, Philosoph

„Meistens belehrt uns erst der Verlust
über den Wert der Dinge."

Arthur Schopenhauer, Philosoph
„Den Charakter kann man auch aus den
kleinsten Handlungen erkennen."

Seneca, Philosoph

„Weise Lebensführung gelingt keinem durch Zufall.
Man muss, solange man lebt, lernen zu leben."

Seneca, Philosoph

Zitate

„Für ein Schiff, das seinen Hafen nicht kennt,
weht kein Wind günstig."

Seneca, Philosoph

„Nicht weil die Dinge schwer sind, wagen wir sie nicht –
weil wir sie nicht wagen, sind sie schwer."

Seneca, Philosoph

„Wäre jeder Tag ein Feiertag, sich vergnügen
wäre so ermüdend wie arbeiten."

William Shakespeare, Schriftsteller

„Die ersten Schritte sind wertlos,
wenn der Weg nicht zu Ende gegangen wird."

Shankara, Philosoph

„Nicht das Beginnen wird belohnt, sondern einzig und
allein das Durchhalten."

Katharina von Siena, Kirchenlehrerin

Zitate
(in alphabetischer Reihenfolge)

„Das Auge sieht, was es sucht."

Max Slevogt, Maler

„Wer bisweilen das Unmögliche nicht versucht,
wird das Mögliche nie erreichen."

Kurt Tucholsky, Schriftsteller

„Gut zu sein, ist edel. Anderen zu sagen, was gut ist,
noch edler. Und macht keine Mühe."

Mark Twain, Schriftsteller

„Alle reden vom Wetter. Aber keiner tut was dagegen."

Mark Twain, Schriftsteller

„Gott hat den Menschen erschaffen,
weil er vom Affen enttäuscht war.
Danach hat er auf weitere Experimente verzichtet."

Mark Twain, Schriftsteller

Zitate
(in alphabetischer Reihenfolge)

„Sprechenden Menschen kann geholfen werden."

unbekannt

„Es ist wichtig was jemand sagt,
nicht wer es gesagt hat."

unbekannt

„In der Konzentration liegt die Kraft."

unbekannt

„Geht nicht, gibt es nicht"

unbekannt

„A fool with a tool is still a fool."

unbekannt

„Im Vertrieb ist 4 nicht 2 + 2 sondern 5 - 1."

unbekannt

Zitate
(in alphabetischer Reihenfolge)

„Wissen vermehrt sich, wenn man es teilt."

unbekannt

„Bei uns wird gespart - koste es was es wolle."

unbekannt

„Erfolg heißt, einmal mehr aufstehen als hinfallen."

unbekannt

„Um den Weg zur Bergspitze zu finden,
muss man nah an den Berg heran."

unbekannt

„Mach's gleich richtig."
(Grundsatz Qualitätssicherung)

unbekannt

„Wer fragt, der führt."

unbekannt

Zitate
(in alphabetischer Reihenfolge)

„Was ist der Unterschied zwischen Theorie und Praxis?
Praxis ist 20 Jahre veraltete Theorie."

unbekannt

„Geniales ist immer einfach"
- kompliziert kann jeder.

unbekannt / Karl-Heinz Hellmann, Unternehmer

„Beam me up Scottie, there is no intelligent life
on this planet."

unbekannt, Projektleiter

„Wissensvorsprung allein ist noch
kein Zeichen von Intelligenz."
(im Sinne von bewußtem Zurückhalten von Wissen)

unbekannt, Betriebsrat

„Wandel und Wechsel liebt, wer lebt."

Richard Wagner, Komponist

Zitate
(in alphabetischer Reihenfolge)

„Ein Enthusiast sein ist das Liebenswürdigste,
Edelste und Beste, was ein Sterblicher sein kann."

Christoph Martin Wieland, Schriftsteller

„Be yourself; everyone else is already taken."

Oscar Wilde, Schriftsteller

„Wer nicht auf seine Weise denkt,
denkt überhaupt nicht."

Oscar Wilde, Schriftsteller

„Sich selbst zu lieben ist der Beginn
einer lebenslangen Romanze."

Oscar Wilde, Schriftsteller

„Am Ende wird alles gut. Wenn alles noch nicht gut ist,
sind wir noch nicht am Ende."

Oscar Wilde, Schriftsteller

Zitate
(in alphabetischer Reihenfolge)

„Der beste Weg, einem Problem zu entgehen,
ist es, zu lösen."

Thomas Wolfe, Schriftsteller

„Nur dem der sich traut zu vertrauen,
kann man auch vertrauen."

Michael Wothe, Unternehmer

„... manchmal sind es gerade die Umwege,
die zum Ziel führen."

Michael Wothe, Unternehmer

„Wer keine Begeisterung in sich trägt,
kann auch nicht begeistern."

Michael Wothe, Unternehmer

„Es sind die schweren Wege, an denen wir wachsen."

Michael Wothe, Unternehmer

Zitate
(in alphabetischer Reihenfolge)

„Wer anderen voran geht,
muss sich darüber im Klaren sein,
dass er Spuren hinterlässt."

Michael Wothe, Unternehmer

„Wenn man nicht der Stärkere ist,
muss man der Klügere sein."

Émile Zola, Schriftstellerin

„Nichts widersteht, Berge fallen und Meere weichen vor
einer Persönlichkeit, die handelt."

Émile Zola, Schriftstellerin

„Wer Freunde ohne Fehler sucht, bleibt ohne Freund"

Kjekjawus, König (Buch des Kabus)

„Immer wieder finden sich Eskimos,
die den Afrikanern sagen, was sie zu tun haben."

Stanislaw Jerzy Lec, Schriftsteller

Sprichwörter

Sprichwörter
(in alphabetischer Reihenfolge)

„Druck erzeugt Gegendruck."

Sprichwort

„Nit mulle - werke!" (Nicht meckern - arbeiten)

Öcher Shpreschwoot (Sprichwort Aachen)

„Wasser wird niemals müde, zu laufen."

Sprichwort Afrika

„Wende dein Gesicht der Sonne zu
und du lässt die Schatten hinter dir."

Sprichwort Afrika

„Manchmal muss man die Augen schließen,
um klarer zu sehen."

Sprichwort Arabien

Sprichwörter
(in alphabetischer Reihenfolge)

„Frage lieber einen erfahrenen Mann um Rat
als einen Gelehrten."

Sprichwort Arabien

„Die Gelassenheit schärft den Blick für das Wesentliche."

Sprichwort China

„Steigst du nicht auf die Berge,
so siehst du auch nicht in die Ferne."

Sprichwort China

„Wenn Du die Spur nicht wechselst,
hast Du keine Chance zu überholen."

Sprichwort China

„Wenn der Wind des Wandels weht,
bauen die einen Mauern und die anderen Windmühlen."

Sprichwort China

Sprichwörter
(in alphabetischer Reihenfolge)

„Sind Rüben auf dem Markt gefragt,
muss man sie nicht waschen."

Sprichwort China

„Wenn du entdeckst, dass du ein totes Pferd reitest,
steig ab."

Sprichwort Dakota-Indianer

„Ein Stein, der rollt, setzt keinen Schimmel an."

Sprichwort Griechenland

„Man muss viele Steine werfen,
damit wenigsten ein Stein trifft."

Sprichwort Indien

„Möge der Regen an den Fensterscheiben
dich nicht von deinen guten Vorsätzen abhalten."

Sprichwort Irland

Sprichwörter
(in alphabetischer Reihenfolge)

„Kämpft der Sperling einmal,
dann fürchtet er auch den Menschen nicht."

Sprichwort Japan

„Die Lebensspanne ist dieselbe,
ob man sie lachend oder weinend verbringt."

Sprichwort Japan

„Das Glück kommt zu denen, die lachen."

Sprichwort Japan

„Vor dem Schießen kommt das Zielen."

Sprichwort Nigeria

„Sag nicht, ein Pass sei unüberwindlich.
Steig hinauf und überschreite ihn."

Sprichwort Nepal

Sprichwörter
(in alphabetischer Reihenfolge)

„Um an die Quelle zu gelangen,
muss man gegen den Strom schwimmen."

Sprichwort Polen

„Nicht gemeckert ist genug gelobt!"

Sprichwort Schwaben

„Schnelles Laufen ist keine Gewähr dafür,
dass man das Ziel erreicht."

Sprichwort Shona (afrikanische Volksgruppe)

Notizen

Notizen